# 秦野

*hadano*
*Asai Toshiko*

## 浅井敏子句集

ふらんす堂

# 秦野の浅井敏子さま

「浅井さんはほんとうに良いひと」。

北鎌倉の円覚寺の木立のもと、涼風が吹き抜けると、その方は私にしみじみと語りかけてきた。浅井敏子さまに常々同じ思いを抱く私は深く頷き、その方の話に耳を傾けた。浅井敏子さまに、この讃辞のフレーズを、皆がためらいなく贈っておられることをご本人はご存知だろうか。

俳句にはその作者自身がおのずと立ち現れる。俳句は鏡のように正直で、おそろしい文芸でもある。作者の人間性が善良な光を持てば、その俳句作品も、善良な光を放つのである。

浅井敏子俳句は、まさにその善良なあたたかい光をじんわりと湛えている。浅井敏子さまをご紹介しつつ、第二句集『秦野』の自選十句作品などから、その魅力を語ってゆきたい。

浅井敏子さまは、かつて幼稚園と保育園の先生、園長も務められたワーキングマザーだった。黒田杏子先生と同世代だから、子育てをしながらの就業のご苦労は如何ほどだったかと、しのばれる。

手袋を脱ぎて手をふる三つの子

この三歳の園児は、別れ際に手袋をとって、手をふってくれたそうだ。その愛らしい律儀さに驚く。その子はかつての同僚のお孫さんであったので、敏子先生の感慨はひとしおだった、という背景のある作品である。このエピソードを伺い、私は、敏子先生のお心の優しさが、幼児教育をとおして、皆に伝わっているのではないかと思えた。

花吹雪あそばせ上手おかあさん

幼児教育のベテランである敏子先生は腹話術人形も操るエキスパート。子育てに四苦八苦する若い母親たちに、素敵なアドヴァイスをたくさん授けてきたことであろう。四月の新学期、子供たちを遊ばせることに上手なおかあさんがいて、敏子先生の目に留まったのだろう。ちる桜が、はなやかにその親子をつつんでいて、ほのぼのと美しい作品である。

四十雀子育て上手となりにけり

浅井家のお庭の巣箱に住む四十雀だろうか。四十雀だって、はじめての雛育てかもしれない。四十雀の不慣れな雛の育てかたを、敏子さまは、やきもきして観察していたのだろう。その四十雀も徐々に上手に雛の世話をするようになって、よしよしと見守る敏子さまなのである。

浅井敏子さまの第一句集『幼なじみ』は、二〇一五年に黒田杏子先生の序文をいただき、ふらんす堂より上梓されている。そのとき、私は長々と跋文「メルヘンと孤愁」を寄稿した。句集名の幼なじみは、浅井ご夫妻が小学校・中学校の同級生だったことに由来する。敏子さまのご主人の信義さまも、博識であたたかな方。惜しみなく、敏子さまの俳句活動を支えてくださっている。

鈴虫の鳴きすぐる家秦野かな

浅井ご夫妻は、鈴虫を飼っていらっしゃる。ご夫妻のゆきとどいたお世話で、鈴虫は、居心地がよいのだろう。年々増え続けているそうだ。涼やかな鈴虫の音色に満たされる浅井家。お幸せに暮らすご一家を、富士山を仰ぐ青々とした秦野盆地がどっしりと支えているのだ。

かもめ舞ふ十一月の同期会

同期会も仲良くご夫婦で参加される。同郷の三河にご夫婦で帰られる折には、なつかしさに胸がいっぱいであろう。十一月の海辺の同期会に、かもめもにぎやかによろこび集っているようだ。

## 娘に会ひに父親のサングラス

この娘さんはお孫さん。父親は浅井さまのご長男だそうだ。就職した妙齢の娘さんに気づかれないようにサングラスをかけて、娘の様子をうかがいに行く父の姿がなんともほほえましい。

以上、六句を鑑賞してお気づきのように、浅井敏子俳句は、ご日常から素敵な詩のエッセンスをすくいあげて詠まれているので、読者には、安らかな読み心地の作品群ばかりなのである。

浅井敏子さまは、「藍生」の東京例会に、秦野から参加され、学ばれていた。例会の受付係も、「藍生」の事務所のお手伝いもボランティアでなさっていた。「藍生」の百観音札所吟行会には、泊まりがけでお出かけだった。まさに、「藍生」に学ぶ優等生的なお姿であった。

黒田杏子先生は、あるとき浅井さまの前に、鞄をどんと置き、こう言われたそうだ。「浅井さん、名取さんをよろしく頼むわね」と。黒田先生は、浅井さまに全幅の信頼をおかれていたのだ。

私が住む鎌倉と秦野は、電車で二時間ぐらいに離れた位置関係。にもかかわらず、浅井敏子さまは、若輩の私が幹事をする鎌倉の吟行句会「海燕の会」に二十年も通い続けてくださり、秀句を発表し続けておられる。いつかは皆に手作りお弁当までご持参くださった。このコロナ禍は、オンライン句会にもご参加くださった。

葱畑歌舞伎役者のごと飛蝗
大根の甘く煮えをり退院す
秋高し畑じまひを老夫婦

浅井さまはご夫婦で、秦野で野菜づくりにも励まれていた。畑しごとでたくさんの俳句を詠まれていた。秦野のゆたかな季語の現場での俳句作品は、句会の皆に、感動を与えていた。掲句三句をみてゆこう。

一句目の作品は、飛蝗に歌舞伎役者の比喩が実におみごとである。葱畑で飛び上がった飛蝗が、見得を切るような仕草に見えたのであろう。浅井さまは詩的な鋭い観察眼をお持ちである。

二句目の作品。退院されるご主人に、好物の大根を甘く煮て、家に出迎えるやさしい妻の姿が彷彿してくる。浅井家の畑で収穫された大根かもしれない。味のしみた大根の甘い香りもしてくる。

三句目の作品は、ご夫妻が長年にわたって野菜をたっぷり育てた畑を、とうとう潔くたたまれたことを告げている。秋の大収穫を最後の実りとして、畑に別れを告げたのであろう。「秋高し」の青空が、ご夫妻を讃えるように広がっていて、清々しい作品である。

かれこれ二十三年も私は、俳句の仲間として、浅井さまの俳句を学ぶその姿勢に鼓舞され続けてきた。母親のようなご年齢の敏子さまに出会えて、句座を共にしていることを、私は浅井さまに感謝しながら過ごしてきた。第二句集をめざそうと、声をかけていた。私には、浅井さまとの出会いをひとつの奇跡のように、思いつづけてきた秘密がある。それは、この句集名となった「秦野」という、浅井さまがお住まいの土地にまつわることである。秦野には或る縁深い方が暮らしていたが、会うことも無く早逝された。その亡き方が、秦野で一番やさしく、素敵な浅井敏子さまに白羽の矢を立て、巡り会わせてくれたのではないかと、私は密かに思いつづけてきたのである。さらに驚くことに、浅井さまのご近所の親友は、母の郷里の伊勢の友人だったという不思議な地縁もある。

花も見ず一途に語り逝かれしか

山梨での講演の翌朝、急逝された黒田杏子先生。今年の桜花も楽しみに待たれた杏子先生であるから、「花も見ず」はなんとも悲しく切ない。今や天上の杏子先生は、敏子さまに「よく頑張ったわね」とほほえんでいらっしゃるだろう。

寒玉子ふれあひながら光りつつ

産みたての寒玉子だろうか。寒中の冷え冷えとした棚に綺麗に並べられた寒玉子がふれあいながら発するあえかな光。それは、それを見留めた浅井敏子さまが発する光でもあるのだろう。

浅井敏子さまは、黒田杏子先生の急逝のあと、私が立ち上げた「あかり俳句会」にもご参加くださる。これからも、俳句の同志として、吟行に、句会にともに歩んでゆく日々を大切にしたいと私は願っている。俳人としての浅井敏子さまのいよいよのご健筆を心より祈っている。燃えるような夕焼のひろがる秦野を遠望しながら。

二〇二三年八月五日

名取里美

目次

# 句集　秦野

Ⅰ

# 春一番

平成二十八〜二十九年

（四十八句）

初富士に一筋の雲走りけり

鎌倉の海の初日や並びし子

僧侶来て敬礼一つ四日かな

大根を抱へどんどの子どもかな

海おぼろ板硝子窓波立ちぬ

ずんずんと杖沈みゆく春落葉

倒木にサルノコシカケ春兆す

富士見ゆる畝にじゃがいも種おろし

春霖や土の匂ひに父思ひ

勾玉の形の地虫出でにけり

虻の来て花粉まみれに去りゆけり

春一番ややうやくお墓買ひました

噴水の真つ直ぐ上がり卒業す

どくだみや猫の近づくハイヒール

庭の土背負ひ初蟬歩き出す

幼虫を取り巻く蟻やにぎにぎし

夜の蟬近づく火星囃しけり

山雀のしぶき飛ばして去りにけり

大皿のピザを吹き上ぐ大南風
目の前に虹のきれはし山巡る

夏燕ことんと水車回りけり

さつと来て泥運び行く夏燕

田水沸くとのさまがへるそこかしこ

月下美人灯りを消して向き合ひぬ

つかの間を月下美人と過ごしけり

水澄むやゆつくり動く鯉の髭

金木犀ふつとあなたがゐるやうな

やはらかき那須高原の飛蝗かな

塩原の温泉街の赤とんぼ

焼き立てのパンの香りや小鳥来る

翁草秩父の土を纏ひ来し

ひめむかしよもぎ機関車通りすぐ

身に沁むや兜太の秩父音頭また

人去れば鈴虫の鳴く皆野駅

鈴虫の鳴きすぐる家秦野かな

鵙日和小さきギャラリー小さき客

土付けて伊那の松茸届きけり

にぎやかな松茸飯の夕べかな

石段に鎌を隠していぼむしり

しがみつく枯蟷螂の腹太き

山茶花の続く垣根や御師の里

海水を被りて届く海鼠かな

振り売りの魚屋おまけの海鼠かな

ぽっちゃりと手の上に乗る海鼠かな

パラグライダー紺碧の海小春

就活の男子マフラー巻きつけて

大根の甘く煮えをり退院す

鰤捌く術後の夫のひとり言

## Ⅱ

# サングラス

平成三十年〜令和元年

（三十三句）

梅咲いてましろき封筒届きけり

袴着け青年の立つ花吹雪

菜の花や七百段を登り来し

菜の花や耳の小さき猫に会ひ

山繭のうすき緑に凹み有り

旅立ちの五月や孫に守り札

柏餅この頃とんと来ぬ子ども

今年また牡丹の匂ふ庭となり

薔薇園の椅子に花束置かれけり

白シャツの背筋伸ばして逝かれけり

楊梅や蔵に小さな窓のあり

風鈴よ私をそつと眠らせて

畑じまひ貌の尖りし蟻の列

娘に会ひに父親のサングラス

猫じゃらし百本摘んで猫の墓

彼岸花家族の増ゆるごと増えて

ことごとく白曼珠沙華ひれ伏して
墓石越す秋の七草揺らぎけり

待つ友に朝採り茄子と鈴虫と

虫籠を一緒に覗く店のひと

コンテスト終へし案山子に風少し

芋もらひ椎茸もらひたる日なり

秋高しペットの墓に花の種

ダンディな男のコート秋深し

劇場の巨大空間榠樝の実

かりがねや小さき島の美術館

かもめ舞ふ十一月の同期会

小春日や三河ことばの乱れ飛び

霜柱素足で踏むや地震の朝

相席は山形のひと牡蠣啜る

食べ放題バケツ一杯牡蠣の殻

鶫来て寒九の水を舐めゆけり

あしもとに来て凍蝶の翅畳む

Ⅲ

# 手袋

令和二年

（三十二句）

初春の床の間飾る大根かな

初句会鎌倉野菜三十種

悴む手蕪のスープ煮和みけり

山門を閑かに通り過ぐる黄蝶

文学館てのひらほどの落椿

舞ひ上がるかもめの脚も春の色

空っぽの檻にたんぽぽ咲きにけり

黄梅や大黒様に会釈して

花いまだ上野の森のギター弾き

花いまだゴリラ二匹がそはそはと

ぽんと背を叩くあなたは花の精

さへづりや園児こぼるる乳母車

紙切れのごと降り来るや春の蝶

花見時牛飼ひ婆さま白スーツ

スカイブルー春の丘より鐘鳴りぬ

花巡りぱくり剝がれし靴の底

コンビニの非常ベル脇燕の巣

燕来る電車の見ゆる保育園

日覆の揺るる老舗のオムライス
百日紅生きながらふる二百年

相部屋のひとの剝きたる青蜜柑

野分あと院長先生庭掃除

鎌畳む蟷螂の眼に力あり

朝顔の種を取り終へ深呼吸

歩け歩け見下ろしてゐる朝の鵙

まつさらな秦野盆地の十三夜

あかときの盆地を覆ふ秋の虹

葱畑歌舞伎役者のごと飛蝗

法師蟬八十のいま出来ること

富士山に気ままに集ふ冬の雲

幼稚園マスク嫌ひな子がひとり
手袋を脱ぎて手をふる三つの子

Ⅳ

# 乳母車

令和三年

（三十句）

読初の句集の『森の螢』かな

まつさらな句集を膝に雪螢

春来ると足元少しお洒落して

いちめんの桜眩しき通学路

さくらさくら金の鯱降ろされて

春水に金の鯱映りけり

花ふぶき金の鯱口開けて

雨あがり豌豆の花どこまでも

あめんぼう水大股に歩みけり

梅雨晴間飛び交ふ蝶の限りなし

七月や赤子大きくあくびして

こうくんと呼んでください雲の峰

カーテンに赤子かほだす四葩かな

漬物屋甕を並べて金魚飼ふ

日差し濃き農家の庭や梅を干す

おにぎりを頬ばる二人雲の峰

渋団扇鳩も来てゐる老舗かな

子かまきり反りて怒りて指の先

名月や去年と同じ山の裾

盛られたる団子と待つや今日の月

子は写真母は俳句を月今宵

叱られて猫の出て行く十三夜

マスカットはちきれさうなややの腿

木の実降る乳母車押す四人連れ

日だまりに脚を畳みし枯蟷螂

富士小春ひ孫ずつしり腕の中

短日やまだ温かき哺乳瓶

ふたりゐて小さき花壇の冬菫

窓を拭きはつゆきと呟きてみる
はつゆきのふはりと亀の甲羅にも

# V

## 鍋の栗

令和四年

（四十二句）

屠蘇祝ふ鳩も雀も来てをりぬ

初便り本気を出すといふ男

三日はや寝返りを打つ赤子かな

京雛待合室の華やぎぬ

つるし雛鳩にちりめん羽織らせて

雛飾る障子に映る鳥の影

画像より火の粉こぼるるお水取

駆け抜くる松明の闇沓の音

火の粉掃く僧侶の顔のあかあかと

倚りかからず二本の実生の桜かな

手をつなぎチューリップ畑老夫婦

吊り橋の向かうの里は花三分

初節句兜を乗せて武将かな
その母に抱きしめられてこどもの日

夏空を亀と見上ぐる震生湖

青嵐そら豆の句を口ずさみ

石楠花や花の縮れて雨のあと

夏めくや百万本のバラ歌ひ

薔薇ひかる折りたたみたる蔭ふかく

天鵞絨のドレスのやうな薔薇深紅

振り向いて花嫁の笑む薔薇白し

幼虫を素手で摑んで薄暑なる

やはらかき指を絡ませ昼寝の子

涼しさや歩き初めの足のうら

窓を開け蟬の鳴き声呼び入るる
脚絆解く素足をひたす盥かな

愛しげに労らふ祖母や終戦日

終戦日兵隊さんが目の前に

七歳の終戦記念日ラジオ聴く

灯が点りたばこ祭りの夕べかな

玄関に男が活けて男郎花

ぶだう畑ど真ん中にも小鳥の巣

軽トラの若き夫婦やぶだう売

初物の栗しつとりと手になじみ

名人ともはや讃ふる渋皮煮

ふつふつと煮上がり知らす鍋の栗

行く秋や捨てられぬ鍋磨きゐる

月を見る肩にふんはりカーディガン

湯豆腐やけふのそらにはまろき月

煮凝やこの頃やさしき男の子

冬空に梯子を掛けて剪定す

いつせいに飛び立つ畑の寒鴉

Ⅵ

# 四十雀

令和五年

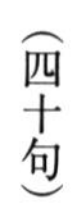
（四十句）

ねこやなぎ天に影してささやきぬ
桃の花おもひおもひにひらきけり

ふらここやライバルといふ言葉ふと

白つつじ歩き歩いてビル谷間

ゆつくりと山回り出す藤の花

花吹雪あそばせ上手おかあさん

花びらの舞ひ降りて来るバーベキュー

幼な子は出口まちがふ花の門

花巡り間近に見ゆる我が家かな

立ち止まり屈めば春のかげぼふし

落書に朝日の当たる巣箱かな

四十雀子育て上手となりにけり

朝涼や空つぽの巣に山の風

谷若葉転ばぬやうに男坂

さみだるる岩黒々と露天の湯

梅酒もて乾杯の宿ひそやかに

蕎麦啜る先客のある夏炉かな

雲の峰こだはり蕎麦屋の幟旗

夏の空ちぎれし雲を貼りつけて
びっしりと走り書きあり冷蔵庫

波飛沫あをーあをーと青鳩来

四五人の日焼けの男漁船来る

ほうたるや棚田に人の気配して

初螢ついと手に乗り冷たかり

根切虫かぼちゃの苗を食ひ破る

秋高し畑じまひを老夫婦

文化の日御首塚に来てをりぬ

古民家を曲がるふるさと柿たわわ

秋の日や翁が独り水車小屋

茸蕎麦運ぶ媼はボランティア

秋の蠅つゆ蕎麦の手に乗つて来し

つかの間の海のかをりや蜜柑剝く

冬うらら駅いつぱいに小学生

雨合羽翁に落葉しぐれかな

侘助を一輪書院講座かな

寒風やはためきゐたる宅急便

寒玉子ふれあひながら光りつつ
口閉ぢて沈もる浅蜊椀の中

春雨やロールキャベツを先生に

深悼　黒田杏子先生

花も見ず一途に語り逝かれしか

# あとがき

このたび名取里美先生のご指導を頂き第二句集『秦野（はだの）』を上梓することができました。

第一句集『幼なじみ』は、喜寿を迎えた記念に出版しましたがあれから丁度八年が経過しました。

この句集を上梓しようと思い立ったのは、コロナ禍の折黒田杏子先生の最後の特別例会での添削のご指導でした。

「初心にたちかえること。年齢はぎりぎりですが単なる俳句おばさんで終らないために……」と赤ペンでびっしり書かれてありました。

収めた作品は、「藍生」への投句を中心に二百二十五句をまとめたものです。

現在は「藍生俳句会」と鎌倉に発足した「海燕の会」で名取先生にお世話になっています。これも黒田先生のおっしゃる句縁であると思います。

句集　秦野　はだの
二〇二三年一〇月一〇日　初版発行
著　者――浅井敏子
発行人――山岡喜美子
発行所――ふらんす堂
〒182-0002 東京都調布市仙川町一―一五―三八―二F
電　話――〇三（三三二六）九〇六一　FAX〇三（三三二六）六九一九
ホームページ　http://furansudo.com/　E-mail　info@furansudo.com
振　替――〇〇一七〇―一―一八四一七三
装　幀――和　兎
印刷所――日本ハイコム㈱
製本所――日本ハイコム㈱
定　価――本体二六〇〇円＋税
ISBN978-4-7814-1593-2　C0092　¥2600E
乱丁・落丁本はお取替えいたします。